到哪裡都會有
好事發生

거기에 가면 좋은 일이 생길 거예요

具鏡善
（Gu GyungSeon）

—

文・圖

前言

大家好啊，眞的很高興再見到你們！

這已經是用第四本書跟各位見面了，

都是多虧各位對我的喜愛，謝謝你們。

視網膜色素病變，更正確的說法是「尤塞氏綜合症[注]」，

自從醫生診斷出這個病因後，到現在爲止不知不覺已

經過了七年。

我目前的視覺範圍大約是 8.8 公分左右。

聽說要是再縮小的話，就會很難獨自生活。

編注

一種基因遺傳疾病，會影響病患的聽力、視力和平衡感，通常是出生不久
便有中度至重度的聽覺受損，以及由色素視網膜炎引起的視覺逐步減退，
諸如夜盲和視網膜末梢神經退化，通常在兒童時期便被診斷出來。

在我還能隨心所欲獨自出行的時候，

在眼睛還看得到的時候，我想要盡可能看更多事物，

努力度過只屬於自己的時間。

這也是我的心願清單之一。

但，懷抱高度期望的地方反而大多都未如預期，
卻在預料不到之處獲得了意外的安慰與親切，
所謂的生命，似乎就是會處處充滿驚喜。

不管是怎麼樣的感覺，
用我的雙眼所視、用我的心所感受到的，
所有的一切都是珍貴的記憶，我將它們一一累積起來，
想要跟大家分享我的心得。

還有，我是不會停下來的！

如果能夠朝著你們的方向再邁進一步，

我會非常開心。

那麼，要不要跟我一起去看看這個世界呢？

疫情期間，
具鏡善作家跨海捎來的暖心問候

致台灣讀者們，

一個任何人都無法預料、絲毫不被歡迎的不速之客降臨，並且長期地逗留不走，
有非常多的人因這個不速之客而痛苦。

我一時間有些苦惱該怎麼形容自己對此的感覺，剛開始只是感受到「不幸」，然而隨著疫情時間拉長，我忽然有了這樣的想法：
也許，「現在」正好是能夠關心自己的時機吧！

一直以來因忙碌而無法顧及四周，只不斷地望著前方奔跑，然而在一切都無法按照計畫進行的當下，雖非我意

志所願，但一切的步調都停了下來。

此時，可以照顧之前沒有被好好對待的自己，

暫時休息一下，重新檢視與整頓自身。

我堅定地相信，

這個時期結束後，會有一個比以往更棒的世界來臨。

這本書集結了和平時期的美麗回憶，

因此讓我感到更加珍貴。

但我相信這一切不會就此停留在回憶中，

也希望這些點滴，能成為在台灣的各位的一點小小慰藉。

我們一起努力挺過去，　　　　　　具鏡善

並且期待再次的相遇！

編注

下頁圖為具作家為台灣讀者特別繪製的祝福圖像，希望在台灣的大家一切平安！

再次喚起無數感動·各方暖心回饋

「跟著作者的角度看世界，內心也一起被療癒了。」

——圖文作家，Aida

「坦承自己的缺陷、不足是一件很困難的事，但唯有如此我們才能更認識真實的自己。透過本書作者樸實平淡的文字、溫馨感人的筆觸，生命的遭遇都能成為回憶裡的美好。」

——「編笑編哭」經營者，B編

「1.Benny用行動教會我們：身體的障礙不會是阻撓旅行的藉口（理由）。2.在健康有限的時間裡，她一一完成夢想清單，我們是不是該起身行動了？」　　　——台灣聽障漫畫家，M蚯

「當理所當然的存在變得珍貴，願用珍惜的心留住點滴純粹。翻閱這本書，讓日常變得不平常，也更加有力量。」

——療癒暖心作家，RingRing

「這本書給人一種溫暖的力量。也讓大家知道，聽障朋友只要相信自我，也能打破聽力限制，享受不同的樂趣。」

——衛福部身障權益保障推動小組委員，牛暄文

「雖然人生有時候真的很難，但（活得應該比我們都要艱辛的）作者好像有本事讓我們願意再一次溫柔地擁抱這個世界，找到值得活著的理由。『我就是為了來到這裡，而認真地活著啊！』（看完實在好想出國然後到了當地像她這樣大喊一下噢。嗚。）」

——圖文創作者（兼地方媽媽），水腦

「即使是遇到多麼傷心的事，也能以自己的方式再次將它塗上色彩。作者溫暖的圖畫與文字背後，難以想像她所遇到的困境是多麼黑暗與艱難。隨著作者的故事推進，偶爾被深深的絕望包

圍，也會因圖文中的溫暖感受希望。自己擁有的一切都並非得來不易，學習珍惜、也明白一切該好好把握。」

——圖文創作者，有隻兔子

「人生有很多事情是無法改變的，但我在這本書裡找到對於生命無限的可能性，也讓我真的相信：到哪裡都會有好事發生！」

——知名藝人，宋芸樺

「能夠『選擇』，你會覺得人生是美好的。聽不見，即將失去視力的具鏡善『選擇』用色彩用文字妝點生活，Benny 兔讓人們正視存在的價值，失去並不是一無所有，而是當個發光體，選擇笑，選擇愛，讓奇蹟成為日常。」

——台北科技藝塾創辦人、仙女老師，余懷瑾

「作者細心地記錄下每次旅行所遇到小小的善良與溫柔，化為 Benny 兔眼裡，8.8 公分視覺範圍以外無比遼闊的星空。」

——插畫家，刷比

「作者用她的溫柔，述說著那些趨於平凡的生活細節，相信黑暗中仍會出現亮光，相信活著就會有好事發生，『學會好好照顧自己』有一部份可能就是這麼一回事吧！」 ——作家，知日謙

「溫暖的文字，溫暖的畫風，為你帶來一篇篇溫暖的故事，讓你有一整天溫暖的心情。」 ——圖文作家，茶里

「不知不覺就讀到眼睛濕潤，是會讓人想珍惜身邊一切的好書。」 ——小說家，晨羽

「透過作者溫暖有趣的文字和插畫，讓人感覺到，這世界還是充滿善意與愛的。」 ——紀伊國屋書店中文採購，張瑋

「這個世界並不缺乏善意，而是少了感受它的心靈。書中每一個字都是一扇窗，提醒我們快樂不是被創造出來的，它一直都在，等著你去感受。」 ——諮商心理師，楊嘉玲

「最美麗的花朵及善良喜悅的心境，總是在荊棘中綻放，黑暗中永遠存在著光明。」　——愛盲基金會董事長，謝邦俊博士

「很溫暖的書，卻讓人看著眼眶會泛淚。插畫家具鏡善透過Benny的眼帶我們看到人間處處是溫暖。」

——金石堂出版情報主編，鍾佳穎

「雙大拇指讚！暖心的文字搭配可愛的插畫，照亮了有點灰沉沮喪的世界。對所有人充滿感謝的微笑是足以突破任何阻礙，發生好事的魔法。」　——編輯，餵鹿吃書

「在好事、壞事交錯出現的日子裡，找到好事的身影，認真看見它。藉由本書，跟著Benny一起學學這項很棒的能力！」

——臨床心理師，蘇益賢

目錄

謝謝你
成為我的朋友

即使如此，
也要走一步試試看

在那裡
再次相會

謝謝你
成為我的朋友

雖然期待
在飛機上遇到浪漫……

坐上前往曼谷的飛機。

不久前訂機票時，以往我都是坐三個座位連在一起的經濟艙，但那時，忽然看到了最前方有兩個連在一起的座位，覺得罕見的雙人座很可愛。

看到這個位子的剎那，我心底深藏很久的私心就像地鼠一樣，「咻」地冒了出來。

這種飛機裡面的浪漫！不用說你們都能懂吧。心裡有了私心，冀望隔壁能坐個帥哥，於是我興奮地點選了雙人座的窗邊位子，邊想像著電影般的邂逅，邊忍不住笑了起來。

終於到搭機當日，懷著去聯誼的心情，心臟的跳動愈來愈清晰，在期待又期待的心情中，我找到了自己的座位。

但是……嗚嗚，我旁邊坐了個泰國大叔。我這樣說算是委婉了，其實他已是個滿頭白髮的阿伯了！總之，我旁邊是個泰國大叔，而就在隔壁走道的位子上，坐了一個很帥的日本男子，嗚嗚。

對我當下心情一無所知的大叔，非常親切地起身讓位。我輕輕頷首致意，並把行李放到行李艙再坐下來，以一種想要否定現實的心情用力猛盯著窗外。忽地，我想到「欸！至少要拍張飛機照片」便拿出了手機，而大叔主動跟我說：
「要幫妳拍照嗎？」
我微笑著謙讓之後，再次將頭轉開，大叔又開口了。但

這次我來不及讀懂他的話，就用事先練習的泰文說「我是聽覺障礙者」。我一說完，大叔就用一種恍然大悟的表情用力地點了點頭。

我想大叔應該不會再跟我搭話了吧，但大叔還是繼續詢問了我的目的地。

「妳要去哪裡呢？」

「我嗎？我會在曼谷待一個月，然後再去清邁。」

「清邁！很推薦那裡喔，真的很棒的一個地方！」

大叔眼睛發亮地拿出手機，用超快手速點出相簿，滑著漂亮的風景照給我看，同時還一一說明著：

「這是清邁的寺廟，真的很漂亮吧，一定要去看看，絕

對不虛此行！」

接著又給我看了許許多多的照片。大叔的表情一直非常興奮，手機裡除了清邁的照片之外，還充滿著在各國旅行的照片。

忽然對大叔產生好奇心的我，停下觀看照片，問大叔：「大叔，請問您是從事什麼行業的呢？」

「我在紐約當廚師，這次是睽違三年後回到曼谷。我要去看兒子，在這裡待三個月左右後還要再回去紐約。」

笑著回答的大叔，又開始第二彈的大量照片秀。有料理的照片，還有偶爾因為興趣而製作的甜點照片，形形色色的照片秀。

不久，我逐漸感到疲倦，跟大叔說我要睡一下，然後就進入了夢鄉。

大叔在途中偶爾會叫醒我，照顧我吃飛機餐與點心，寫簽證表格的時候也會幫助我……
泰國大叔那明朗的表情與熱情洋溢的臉孔，看起來真美好。
最後，我用力揮手著跟大叔道別。

啊，我竟然忘記問大叔的姓名了！

非常溫暖的
臥佛寺之旅

曼谷的早晨,陽光猛烈靠近。稍微皺著眉頭吃完早餐後,穿著與平常不一樣的輕薄長袖、內搭褲與老舊而有點鬆的球鞋出門。

出發前去曼谷歷史最悠久的臥佛寺。

跟住宿的飯店打聽了臥佛寺的位置,搭乘地鐵的話得在鄭皇橋站下車,那裡是要轉乘水上巴士的地方。有點緊張。雖然找到水上巴士站沒問題,但搭了水上巴士之後就有一些難題了。

網路上的部落格說,只要看好旗幟下船就行⋯⋯但我真的能好好看到旗幟嗎?

下船的站並不是只有一、兩個，如果下錯的話就不妙了，該怎麼辦呢……

搭乘開著超強冷氣的地鐵，在鄭皇橋站下車了。空氣果然非常悶熱，豔陽依舊如影隨形。我以快速的步伐離開地鐵站，往水上巴士售票所方向前進。

看到人山人海的景象，我霎時間懵住了。打起精神來仔細一瞧，發現有橘色與藍色兩種旗幟。聽說橘色的價格低廉，因此人潮較多有點危險，而貴 10 泰銖（380 韓圜）的藍色可以比較安全地抵達。我毫不猶豫選擇了藍色。

「請給我一張藍色。」

工作人員說了句什麼，但因為不是英文所以我聽不懂。

「啊，我是聽覺障礙者，聽不到。」

我不好意思笑笑地說著，工作人員「啊」的一聲然後大力點著頭，給我看一張護貝起來的紙，那是一張畫著水上巴士站別的圖，而她同時問我：

「請問妳要去哪裡？」

我指著「臥佛寺」說「這裡」，工作人員點了點頭，給我看計算機並說明：

「40 泰銖。」

收到票之後往旁邊避開，正左顧右盼尋找要去的方向時，工作人員似乎發現我的徬徨。縱使有許多人正排著隊等購票，她還是毫不遲疑地站起來，走到我的身邊，

給我一個大大的笑容還有「我帶妳去」的眼神，扶著我的手臂，帶我走到搭船的地方！

喔，完全沒有預期她會這麼親切……

售票處的工作人員好像還對船內待命的同事說明我的狀況。船內工作人員似乎了解了後並點了點頭，拉著我的手引導我至船內。我暫時停住腳步，向船外繼續守護著我的售票處工作人員，以充滿感謝的心，雙手合十對她說「Kob khun ka～（謝謝）」。售票處工作人員也雙手合十對我微笑。

船上工作人員帶著我到座位處，而我為了不錯過寫著站別號碼的旗幟，一直認真地望著船窗外。乘坐在賣力前

進的船中，迎著海風，潮濕悶熱的感覺好像也被吹走了。但在享受如此氛圍的當下，仍然還是有點不安，因為已經過了兩站卻完全沒看到旗幟。

該怎麼下船呢？我感到有點忐忑。算了！如果下錯站就放棄臥佛寺吧。這麼想的時候，剛剛那位工作人員來到我旁邊，詢問：

「臥佛寺嗎？」

我點點頭，工作人員表示要現在下船，同時還用手勢示意我該起來了。

喔？天哪……

一陣感動湧了上來，但我沒有餘裕繼續沉浸其中。我迅速站起來，而工作人員牽著我的手，就像守護孩子剛開始蹣跚學步的媽媽般，小心翼翼地帶著我走，然後在下船的地方還協助我牢牢抓住了欄杆。

這整個過程實在很神奇。

我明明只有說自己是「聽覺障礙者」，並未說出同樣是「視覺障礙者」一事，但工作人員還是先用手指著階梯叫我要小心。那階梯並非特別狹小，也沒有彎彎曲曲或很陡峭，就僅僅是普通的階梯而已！

大概是工作人員察覺到了吧。她這樣主動照顧我的模樣，真的讓我非常感動。

終於抵達臥佛寺站，人們一窩蜂地下船。我覺得就這樣
離開實在太可惜，便輕輕擁抱了下工作人員。

「真的很謝謝妳。」

傲嬌的
摩托車騎士

在悶熱又繁忙的曼谷街頭行走，真的非常辛苦，

所以我常常會選擇搭乘摩托計程車。

我很享受摩托車於狹小縫隙間驚險地咻咻穿梭，

以及迎面吹來的風既溫暖卻又涼爽的感覺，

所以我很愛搭乘摩托車。

很慶幸住宿附近就有摩托計程車車站。

因為已經搭過兩次了，所以每次看到那位司機騎士，都

會很開心地跟他打招呼。

每次跟他打招呼時，司機都是很心不在焉地揮個手；

我則會爽朗地笑著走過去，告訴司機我的目的地。

司機酷酷地講完價後，便叫我坐上車。

一開始不會戴安全帽，只好訕訕地笑著拜託司機幫忙。

司機雖然面無表情，卻還是會爽快地幫我把安全帽戴得美美的。

雖然每天接待很多客人卻還是記得我，

每次載我的時候，都記得主動幫我戴安全帽。

傲嬌的司機先生，謝謝你！

曼谷恰圖恰週末市集的
女孩子

環顧恰圖恰市集，就在進入市集的路上，有個女孩映入我的眼中。她演奏著一種不知名的樂器，在面前放了一個像為了討賞用的空鐵罐。

但是沒人對她的表演感興趣，而女孩似乎也失去了力氣，彈一下又停一下的。

我在遠處一直看著她。

女孩好像很累了。

我的心說，把帶來的錢都分給那個女孩吧。於是便毫不猶豫地走向她，將回程車費以外的錢都放進鐵罐中。

那女孩嚇了一跳。她看著錢投進去，又抬頭看看我，再次顯得很慌張，好像不知該對外國人的我說些什麼，用

一種茫然的表情傻傻盯著我。

我只對著她微微一笑後就離開了。回程的路上，到了飯店也是，甚至到了深夜也如此，那個女孩的身影在我眼前一直不斷閃閃爍爍。

她為什麼會映入我的眼簾呢？
為什麼會映入我那視野狹小、看不太清楚東西的雙眼中？
畢竟前一天過馬路時，我在左右張望確認沒車後，仍是差點撞上了摩托車……
所以為什麼那個女孩會映入我的眼簾？

然後我領悟了。

老天告訴我，我跟那個女孩沒有什麼不同。就像那個女孩累了仍是堅守崗位一樣，即使我累了還是會努力活下去。只要活著，就會發生讓人吃驚到暈乎的事情。

不知為何，這讓我感到欣慰。

之後偶爾會想起那個女孩。

幾年後故地重遊，並沒有再看到她的身影。

雖然有點遺憾，但也想著

「或許她過得很順利，
所以不需要再來這裡演奏了吧？」

對，有可能是這樣。

從學校畢業後找到了份好工作，

也許發生了比那時候更好的事情。

很有可能。

在心中，

我祈禱那個女孩能夠過得幸福快樂。

在曼谷的
隨想

來到曼谷的第四晚，

吹乾頭髮後靜靜地看著鏡子。

忽然很想對自己說：

「妳很珍貴，

妳很美麗。」

直接說出聲時，

卻是忍不住哽咽，眼淚也開始滴滴落下。

想起了「休息」這個字詞，
不知為何就想說出：

「一直認真往前奔跑的妳，
偶爾也可以休息一下再出發。」

看到花兒，心情就會變得明亮。

因為美麗讓人們想要摘折，
輕易就會被折取下來。
但就算是如此脆弱的花朵，

也有著能照亮世界的力量。

นานา
Nana E3

在曼谷住的地區叫做「Nana」，

發音很簡單，連外國人都能自信地說出來。

不像考山路，比起說通用拼法的「Khaosan」，

接近當地發音的「Khausan」，大家還比較容易聽得懂，

可見無論觀光再怎麼發達，語言還是有其限制。

但是「Nana」這個詞不管到哪都能通。

這樣非常方便的發音，

就是那麼簡單又好用。

或許人生像這樣簡簡單單的會更好。

讓人心情超好的
「雙大拇指讚」

有一件只會在巴黎才看得到的事。

常聽人們說「巴黎人都很高傲！」，所以我對巴黎人的態度也不抱太多期待。

但實際到了當地之後，讓我非常驚訝。

向人問路，或是意外展開對話時，我總是會先跟對方說明我是聽覺障礙者。此時，對方高傲的臉孔會立即轉變得積極。

是一種對我所說的話，集中精神側耳傾聽的感覺。

接著他們又會再對我說明一番。

如此一來，我就能夠聽得懂並理解對方的話。

對方還會再確認好幾次，我是否有理解他說的內容。

接著帶著溫暖的微笑，豎起雙手的大拇指。

「都聽得懂呢！很讚！」這樣的感覺。

真的很神奇，而且並不是只有一人如此，我在巴黎遇到
的人大部分都會這樣！

我對這件事印象非常深刻。

彷彿到外國來被大家稱讚似的，是心情超好的經驗。

那樣
也很好

雖然並不是很享受在白天喝酒，但偶爾會想到那個可以讓心靈平靜的地方。

有那樣的日子吧？不知為什麼，就是想要喝杯啤酒的日子。

在巴黎喜歡的街道上，選出一個陽光充足的位置，坐下觀察來來去去的人群，靜靜觀看他們多樣的面貌並且想像著。

那個人的人生，是以怎樣的故事組成的呢……

接著喝一口在陽光下晶瑩閃耀的生啤酒，

再繼續觀察街上行人。

就這樣一口、一口慢慢喝光一杯，

心情愉悅地離開座位。

意料之外的
地方

「我沒辦法結婚的。」

放棄了結婚的念頭，我來到巴黎。

然而……似乎並不是徹底地放棄。

我發現自己在心中仍是夢想著，能夠出現只有電影裡才
有、那命運般的羅曼史。

是巴黎啊！浪漫的都市，巴黎。

在咖啡店獨自喝茶的話，會有人跟我搭訕吧？

在美術館欣賞畫作，又會有誰來跟我搭話呢？

不過現實還是現實。

到了晚上，我就什麼也看不見，

所以必須在黑暗降臨前趕快回去。

就像灰姑娘一樣……

雖然白天努力地行動，但到處都充滿著觀光客，

情侶或者夫妻，還有老夫婦。

我夢想中的命運邂逅，並沒有發生。

每天腦袋空空地回到住宿處洗漱，

躺在柔軟的床上滑手機。

旅行中常常跟一個認識的弟弟在線上聊天，他覺得我這
樣很可惜。

「妳怎麼可以這樣！在巴黎就應該要認識帥氣的男人，光待在房間裡是幹嘛啊？」

就這樣，他每天都跟我聊天。有一次，我說我要獨自喝啤酒，他便傳了張照片給我。

「一起喝吧！」

給了我一張他也拿著啤酒在喝的照片。

這種體驗看似平凡，卻又很新鮮。

好像我不再是一個人了。

這就樣……

完全意想不到，

這個人就成了我的老公。

真的
沒關係嗎？

奧賽博物館，還有羅浮宮都非常有名。

為了購買奧賽博物館的入場門票，我在購票隊伍中排隊等候著。

輪到我的時候，會先跟對方說「我是聽覺障礙者」，避免溝通產生誤會。

然而對方稀鬆平常地跟我比了一個「請進」的手勢。

「什麼？」

因為太驚訝了，所以又再問了一次。

「你是說『直接』進去嗎？這樣也可以嗎？」

對方繼續點著頭，示意我進去。

雖然不清楚是怎麼一回事，但還是先往裡面走，入口處還站有一個負責檢查門票的人員。

我沒有票可以給對方檢查，

所以只好再說一次「不好意思，我是聽覺障礙者」。

他聽完後，也又直接讓我進去了！

好令人困惑啊。

接著是隔天，我去了羅浮宮。

與奧賽博物館不同的是，這次有好幾條更複雜的排隊隊

伍，人非常非常多。

因為不知道要去哪裡買票，所以打算詢問工作人員。一

跟對方說「我是聽覺障礙者」後，對方馬上露出笑臉，

輕輕拍了下我的背，又給了我一個「請進」的手勢！

哇，真的好神奇。

在韓國，一定得出示身心障礙人士證明才可以……

在這裡只要用說的就 OK 了。

太神奇了。

跳舞的
莫內圖畫

法國的吉維尼有莫內花園。

莫內曾經的住所現在已成爲歷史建物，有許多觀光客會
前去造訪。

一大早揉著惺忪的雙眼前往吉維尼，

看著逐漸變得靜謐的風景，我的心豁然開朗。

還能看到在名畫上出現的帥氣樹木，夾道歡迎著我。

美麗的風景完整地收錄在我的眼底與心中。

聽說莫內爲了捕捉光的變化，而長期觀察湖水，最終失去了視力。

看著盛放美麗睡蓮的池子，我頓時冒出一個想法：

「我能夠做到像莫內那樣嗎？」

在莫內花園裡，能夠感受到莫內的熱情，以及他對畫畫的眞摯。

參觀完莫內故居後，來到巴黎橘園美術館。

嗚哇⋯⋯我在這裡見到了莫內的《睡蓮》。

在莫內故居所見，再以圖畫的形式相遇，

睡蓮彷似一朵一朵地飛到我眼前，

滴溜溜地轉著跳舞似的。

是用言語無法形容的夢幻。

即使如此，也要走
一步試試看

在夏威夷遇見的
奇蹟

那一年，我為了紀念自己 35 歲而決定大膽地去旅行。

其實，與其說是紀念，倒不如說是想要「逃離」。

想要逃避 35 歲這件事，

心情仍像 20 歲一樣還沒有長大。

無法相信現實的年紀，也不想要面對。

曾經無數次想像，到了這個年紀的我，身邊會有誰？

但實際上身邊卻一個人也沒有。

總之我勇敢地決定，前往了夏威夷。

哎呀，那可是許多人度蜜月的地方啊！

我當下也沒想到這件事。

但很快地，就發生了讓我甩開鬱悶的奇蹟。

到了夏威夷就是要購物！購物的話就是 OUTLET。

懷著對「戰利品」滿滿的期待，我在那裡購物到渾然忘我。

不僅不斷傳照片給朋友和媽媽看，

也收到代購的委託，還幫媽媽尋找她想要的東西。

此時，有個膚色像經常沐浴陽光下，個子修長，黑色鬈髮，有著一口雪白整齊又清爽的貝齒，似乎是韓國人且有著幹練俐落風格的女店員，輕聲跟我搭起話來。

「我耳朵聽不見，所以沒有聽懂妳的話，妳剛剛說了什麼呢？」

接著，她又對我說：

「妳是一個人來旅行嗎？」
「對，我正獨自旅行中！」
「哇！好了不起！」

那個女店員似乎是美國韓僑，
只會說短短的韓文，幾乎是用英文在跟我對話。
但這不重要，反正韓文我也不一定聽得懂呀！
在這家專櫃裡購物久了，
不知不覺也跟她逐漸熟稔起來。

她推薦了我媽媽會喜歡的款式，

也幫忙挑選適合我的包包，還讓我寄放行李。

（因為我在購物中心待了四個小時）

去結帳的時候，她對櫃檯的店員仔細交代了些什麼，

然後給了我一個「別擔心，我都講好了！」的微笑，走

了出去。

託她的福，接下來完全沒有溝通不良的問題，也順利地

結完帳。

離開專櫃的時候，又再度碰到了她。

「要走了嗎？」

「是的，我現在要回去了。」

那瞬間，她的臉上染了深深的遺憾。
然後輕輕而緩慢地拍拍我的臉龐，
眼神中盛滿了不捨與溫情。

只不過是個在購物中心的相遇，
短暫時間內能產生如此深刻的情誼，
對我來說是很特別的回憶。

購物的時光飛快流逝，不知不覺間太陽沉沒地平線，
夜幕深深降臨了。
整個世界完全被黑暗淹沒。
我啊，一到晚上就什麼也看不到了。
叫了計程車，但收到了簡訊，說計程車沒辦法進來
OUTLET 購物中心。所以我必須要走到十分鐘路程外
的某處去跟司機會合，司機也告訴了我位置。

雙手提著滿滿的購物袋，沉重異常。
但我還是冷靜地打開 GOOGLE 地圖，往地圖所指的方
向慢慢地、非常緩慢地一步一步，用腳摸索地面前進。
走著走著，不知不覺來到了一條大馬路前，並且停了下
來。
必須得過馬路。

晚上沒什麼車流，所以來往的車輛反而都會加速奔馳。

因為這些用著超快速度轟轟過去的車流，

我完全不敢跨越馬路，

只能呆呆地望著全然黑色的虛空，默默站在馬路旁。

眼前的車燈來來去去呼嘯著。

那時，我前面的某輛車停了下來。

然後隔壁的車也跟著停下來。

隔壁的隔壁車子也停下，

好幾輛車並列地都停了下來！

在車燈後面，隱約可以看見比著要我過馬路的手勢。

我以感謝的眼光答禮，快速地穿越過去。

在過馬路的期間，我的身體微微地顫抖著！

但那並不是結束。
駕駛們為了能讓我看清楚眼前道路，開著車跟隨著我，
用車燈為我照亮光明！
多虧他們，我才能夠安全地與計程車司機會面。

那四條車道的奇蹟。
如今仍歷歷在目。

世上
最美麗的女人

檀香山的藍色海邊，某個女子映入了我的眼簾。

一開始只是淡淡地進入視線中，

但仔細看了下，發現她手上拿著一根白色的拐杖。

是視覺障礙者專用的白色拐杖。

我對她印象十分深刻，因為她實在太美了。

身材嬌小的她，戴著一頂有著蝴蝶結的寬簷草帽，

穿著一件有著大朵藍花的海邊洋裝，

還有著閃閃發亮的茶褐色長髮髮。

最耀眼的，就是她開朗的笑容。

一張像少女般爽朗、還開心地笑著的臉蛋。

那是我見過的人之中，最耀眼也最漂亮的一個人。

有多耀眼呢？

耀眼到我都快無法直視了！

仔細一看，就能知道她爲什麼那麼美。

因爲完全感受不到她手上拿著拐杖！而且步伐非常輕盈。

一般拿著拐杖走路的話，會不知不覺地速度變慢，

一步一步邁出時都會有些猶豫，

整個人因此變得小心翼翼。

那女人身旁有一位男子，看起來像是她的丈夫，

那男人，愼重且毫無保留地付出愛意。

（當然以下只是我的推測……）

給看不見的女子穿上美麗的衣裳，

爲了搭配成情侶裝，那男人自己也穿著藍花的襯衫和白

色短褲，更戴著紳士帽造型的草帽。

女人挽著男人的胳膊，如跳舞一般，

以活潑的腳步輕快地行走。

男人傾聽著女人說話的同時，止不住臉上的笑意。

如此全心全意付出愛意的男人，

加上女人對男人深深的信賴，

讓她看起來是全世界最美的女人。

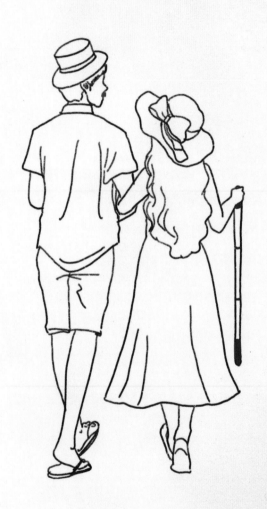

真的很羨慕。

以及，我可以充滿信心地說──

我見到了世界上最美麗的女人。

感謝的
握手

在夏威夷的某天，因為想感受一下優雅的氣息，而去了氣氛高尚的餐廳。

餐廳環境非常寬闊且清幽，陽光絲絲縷縷地透進來，讓人感到氣氛更好了。

四周都是潔白又乾淨的顏色，也因為氛圍太美好，頓時讓我有了一種錯覺。

「我就是為了來到這裡，而認真地活著啊！」這樣的錯覺。

隨著服務生親切的微笑，我被領到了不錯的位子上坐下。然後打開了菜單。

呃，牛排不應該是簡簡單單就能點的料理嗎？

還要分有多熟，要配哪種紅酒……

所以我決定先向他說明我的狀況。

「不好意思，我是個聽覺障礙者。」

單單只說了這句，服務生就像明白了似地用力點點頭，

然後對著我微笑，並且熱切地向我伸出手。

要跟我握手啊……

我莫名其妙地就跟他握了握手，

有點茫然，但並不討厭。

就好像在對我說「怎麼了，有什麼我可以幫忙

嗎？」的感覺。

多虧服務生的幫忙，順利點完了餐，以期待的心情等待料理上桌，開始了愉快的用餐時光。

每當我環繞四周時，總會跟剛剛那個服務生雙目相交。

他好像十分留意我⋯⋯

好像只集中精神看顧著我一樣⋯⋯

感謝他，讓我每次需要呼喚服務生時，都沒遇到什麼困難，因為他總是注視著我。

只要我們雙眼對望，他都會給我一個溫暖的笑容。

因為他，我不只享受了美味的食物，連心情都被熨燙得暖暖的。

心情愉快地結束用餐。

不冷不熱的天氣，感受美妙的清風，在路上行走的時候，突然有個奶奶對我搭起話來。

這次我也因為聽不懂，立即跟奶奶說我是聽覺障礙者。

奶奶馬上拿出她的手機，在手機備忘錄上打起字來。

「等等這裡會有遊行，

大概在半小時後。

一定要記得看喔！」

因此我看到了計畫以外的遊行。

雖然聽不到聲音，光是用看的就能感受到雀躍的音樂。

繽紛多彩的顏色讓我大飽眼福，充滿力道的舞蹈也讓我的心隨之跳動。

所有的人停下了忙碌的腳步，一起共度那個當下。我還跟許多人握了手，那是段非常愉快的時光。

因為討厭獨自一人而逃到夏威夷，

沒想到會在這裡感受到那麼多。

夏威夷，謝謝你！

有點空虛卻也特別的
三天兩夜回憶

去年夏天，與總是忙碌的媽媽和剛退伍不久的弟弟一起，湊出時間去了一趟三天兩夜的旅行。

為了避開盛夏的炎熱，我們決定去涼爽的平昌！

我們的家族旅行，就此展開了。

因為是淡季，可以用實惠的價格住進不錯的飯店。一張單人床，一張雙人床，是可以睡三人的一間大房。

整潔又美麗的室內裝潢，讓眼睛享受美景，也讓心靈感到溫暖。

因為外面在下雨，覺得出門有點麻煩，所以我們一家人決定去位於一樓的餐廳用餐。

那家餐廳有販售韓牛，

加上是飯店內的餐廳因此有點貴。

菜單中最能毫無負擔享用的，就只有韓牛豆醬鍋，

但價錢也不怎麼美麗。

那時弟弟用若無其事的表情說：

「我買單，吃吧！」

媽媽和我都嚇了一跳。

一起享受了美食後，看著弟弟闊步邁向結帳櫃檯，打開

錢包拿出信用卡的模樣，不知怎地覺得好滿足。

你這小子也長大了啊。

然而待在平昌的那段時間，雨一刻都未曾停歇。

深深感到老天的冷酷無情。

有一天去看羊群，

但牧場說爲了保護羊兒不能放牠們出來；

想在外走走，

卻因爲一直下雨十分不便，不得不提早回到飯店。

然後隔天也無法出門，

只能在飯店內看看電影草草結束旅行。

很平淡吧？也沒能製造出什麼特別的回憶。

最後一天要回家前，覺得就這樣結束實在太遺憾了，

想著至少要去哪裡走走而決定有所行動，

那時雨才終於停了。

啊，老天真的好冷酷啊。

從出發開始到回去的那一刻，一直不斷下著雨，

直到要回家了才停下來。

雖然空虛，但那也算是種回憶吧？

那個冬天的
海雲台 ✽

若說夏天的海雲台充滿活力和興致，

那年冬天的海雲台就顯得很沉穩寂靜。

因為寒冷，我將衣領扣緊，也用圍巾包得緊緊的。

在此同時，如果注視著靜謐的冬日大海，

就會體驗到來到釜山時所懷揣的各種想法，

在瞬間都消失的魔法。

這是歡樂鬧騰的夏天給不了的氛圍。

啊，就是那種感覺吧：

第一印象很冷漠的朋友，

進一步熟悉後，會發現是冷靜又心思深沉的人，

與他在一起，心也能夠平靜下來。

小小的誤會，
以及為了我自己的時間

某次爲了演講去了大邱。一位有著特殊情分的朋友幫我訂了飯店，搭乘電梯時偶然看到了寫著「泰式按摩特價中！」的廣告。

哦，對於喜愛泰國的我來說，看到這個廣告自然是十分開心。

以期待的心情按下按摩店所在的樓層按鍵。

門一打開，第一眼看到的，是個華麗的白色櫃檯。五官深邃漂亮的女人用耀眼的微笑跟我打招呼，聽了各種說明後，發現以飯店按摩來說，這裡的費用算是滿平易近人的。

「好，當作給自己一個獎賞吧！」

我笑著回答「對，我要按摩！」，再仔細瞧著對方……
嗯，不管怎麼看都像是泰國人。懷著好奇的心，我最終
還是問出口：

「請問妳是泰國人嗎？」

「是的。」

嗚哇！真的很開心！泰國女人兼具東西方的風情，都非
常地美麗。

「果然沒錯，我看妳那麼漂亮，就覺得妳是泰國人！」

「啊，謝謝妳。」

「我覺得泰國女人長得很美呢，嘿嘿。」

「哎呀，真的嗎？」

「是啊，我在曼谷住過三個月，常常去泰國呢。」

「嗚哇！！」

既高興又得意的心情，讓我像是要跳起舞來一般，興奮地開始炫耀會一點點的泰語。女人的反應也很熱烈，因此心情變得更好的我又提出問題了。

「妳來韓國多久了呢？妳韓語眞的講得很好呢。」

「什麼？」

「妳·來·韓·國·多·久·了·呢？」

「什麼？我是韓國人喔。」

「什麼？」

……

我們彼此間出現了一段短暫又混亂的沉默。啊，我終於發現問題所在了！因為我的韓語尾音發音不好，她將

「泰國 taegug（韓語）」聽成「大邱 taegu（韓語）」了。
我們之前的對話她聽成了「請問是大邱人嗎」。
比我晚一步恍然大悟的女人，還有我都當場忍不住大笑
起來！

終於要開始按摩了，我拖著沉重的身軀移動過去。彷彿
讓人陷入沉睡的橘色燈光，聞著令人有置身在泰國錯覺
的異國香氛，我躺上了床鋪。按摩師用力在我身體各個
部位揉捏，我忍不住蜷縮起來。

「工作很辛苦吧。」
「什麼？」

「肩膀跟腿部都太僵硬、氣血不通，腰也不大好，應該是久坐在桌前的關係。」

「啊，沒錯。」

「只有按摩一天是沒辦法都紓解開的喔。」

「噢……」

突然一陣哽咽，有股歉意湧上來。

對我自己的歉意。

只顧著用力往前奔跑，被時間緊緊追著，沒有空閒環顧四周，也沒辦法好好照顧自己。不知不覺間，身體開始變得很不舒服。想起了自己用力奔跑的每個模樣，歉意也愈來愈深。結果眼淚就掉了下來。

以後要稍微為了自己而活。

這瞬間，我下定了決心。

兒時記憶
仍舊猶新

去青島出差。

移動的途中，視線所及皆是楊柳樹，

就好像在長髮上用捲髮器捲了又放下。

根枝蔓長的楊柳樹，

長長的一列看不到盡頭，

還跟沙沙的風聲一起打了招呼，

四周有著白色棉絮，正在美麗地飛舞著。

「司機，請問那個白色的是什麼？」

「那個啊，是楊柳樹的種子。」

楊柳樹正在努力散播種子。

彷彿是在歡迎我般，

收到招呼聲的同時，這種初次見面的歡欣，

讓我想起了小時候。

小時候去到某個地方，也有楊柳樹……

還記得自己曾在寫生比賽中，一筆一筆地畫著楊柳樹。

猛然發覺到，韓國在不知不覺中已很難看到楊柳樹的蹤

影了，

因此就也不自覺遺忘了楊柳樹的存在。

不只是楊柳樹。

在路上走著走著，恰好看見了

小小的、可愛到讓我想尖叫的小雞，

那個密密麻麻擠滿小雞的箱子。

看到小雞們的瞬間，

我想起兒時在學校前購買小雞的回憶。

光是看著，就讓人心情愉悅的黃色小雞；

就算總是會被媽媽罵，

一旦被那致命的可愛吸引住，

就一定要買回家的小雞。

用雙手小心翼翼地捧著，飛奔回家，

再用合適的箱子幫牠做窩。

不僅幫牠取了名字，

還有因為太可愛而不斷盯著、嘿嘿傻笑的幸福時光。

然而小雞卻往往不到一天就去世了，

那些讓我傷心的時刻，如今全都回想了起來。

並沉浸於朦朧的兒時回憶中。

青島
啤酒

說到青島就是啤酒！還有羊肉串！

正在閱讀本書的各位，

有機會去青島的話，一定要嚐嚐看羊肉串。

青島的羊肉串十分軟嫩，醬料非常多樣，

從香噴噴的味道，到能讓整個嘴唇麻掉的麻辣味都有。

雖然韓國也有販售青島啤酒，

但在當地喝的啤酒味道又不一樣了。

若說韓國的青島啤酒有種刺激的口感，

那麼在青島當地的啤酒，入喉時則是非常順暢和涼爽。

一定要去喝喝看喔！

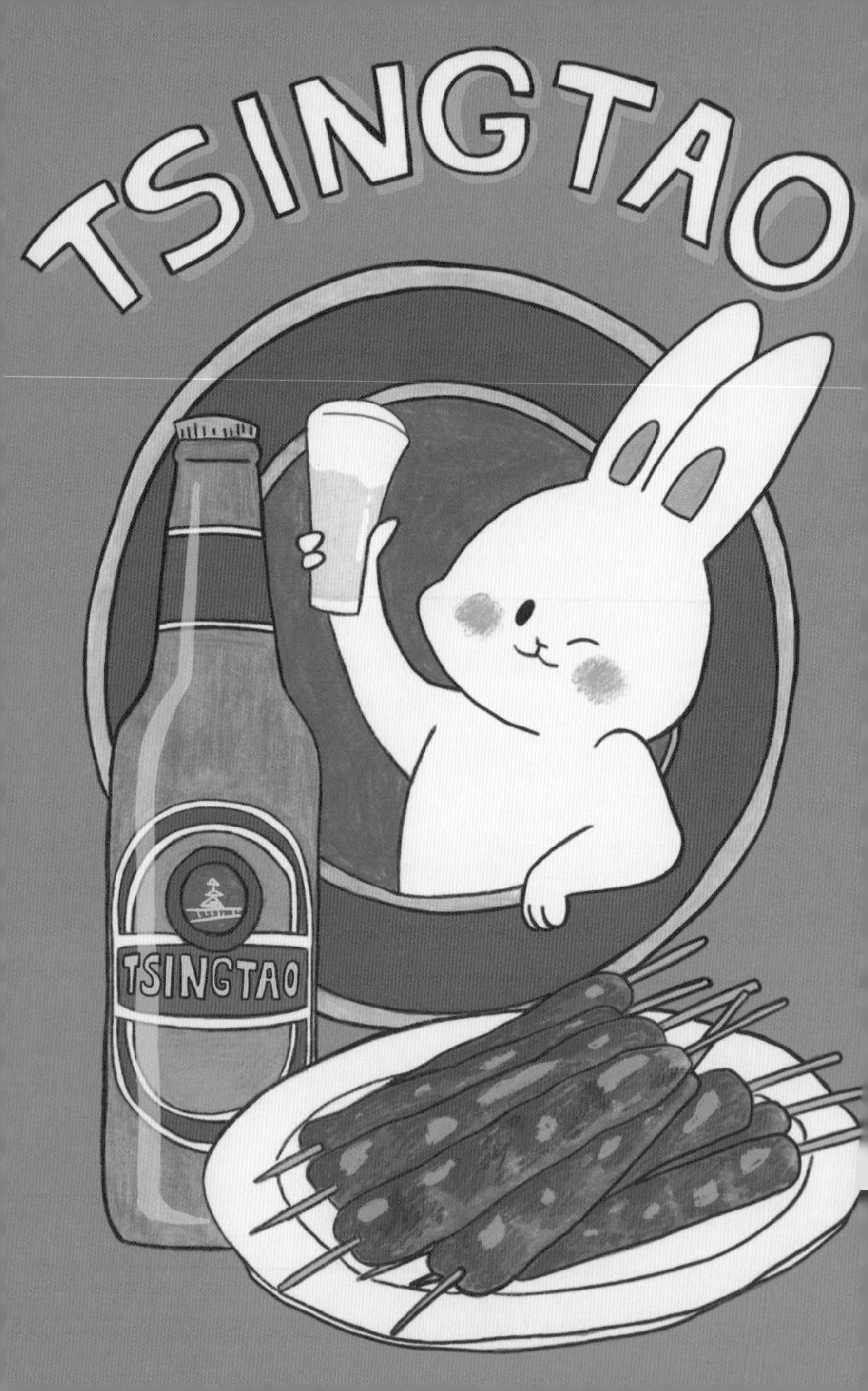
TSINGTAO
TSINGTAO

除了青島啤酒，當然還一起吃了羊肉串，
還有豬耳朵、羊腰子，以及牛睪丸！
意外地都非常美味呢！

在俄羅斯的第一餐
是杯麵

很常去亞洲，而歐洲太遠……

想在短時間內體驗異國風情的話，海參崴正是個絕佳選擇！

韓國飛到那裡只需要兩個小時，

所以我跟當時還是男友的老公去了海參崴。

天哪，從第一天開始天氣就非常糟！

大雨傾盆而下，我們連眼前景物都看不清楚。

你說雨傘？雨傘已經毫無用武之地。

甚至連身上的羽絨衣都全部變得濕答答了！嗚嗚！

喔，但是附近正好有一家韓國超市！

我們以愉悅的心情快速地走了進去。

明明是韓國超市，卻滿滿陳列著以俄文標示、完全不知
道是什麼的食物。
哼哼，我們決定選擇最安全的泡麵，
雖然肚子很餓，但要吃就要吃點美味的嘛。
因此，杯麵成了我們在俄羅斯的第一餐。

穿著被雨水浸濕而變得沉重的羽絨外套，
我們抵達了飯店。
用熱水洗澡後，換上觸感舒適的睡衣，
用熱水壺咕嚕咕嚕地煮開水，
以期待的心情將水倒進杯麵。
天哪，筷子！！！！！！！！！
最後一刻才發現我們沒有筷子！！！

改變我以往想法的
新經驗

不知道該不該說這種話。

但離開韓國，就是想要盡情享受新鮮的空氣與陌生的環境。若當地有太多韓國人，不僅新鮮感減少，甚至只會覺得是來到另外一個韓國而感到遺憾。

不過俄羅斯的海參崴完全不同。

聽說當地沒有多少人擅長說英文，而實際到了海參崴後，也發現果真如此。

海參崴到處充滿著我們不熟悉的俄文，很難選出好吃的菜單，但因為有很多韓國人來海參崴旅遊，讓我們因此能輕鬆找到餐點可口的餐廳。

有的餐廳甚至還有韓文菜單。

也因此，我們可以很輕鬆地盡情享受並大快朵頤好吃的
料理。

韓國人的資訊蒐集能力果然很了不起！

滿足感和新的領悟讓我心情愉快，接著又去了海參崴的
繁華區。

雖說是繁華地區，

其實此區域卻是既悠閒，又宛如小歐洲般美麗，

是個很適合散步的地方。

在以美味聞名的咖啡店內點了杯咖啡，

坐在與他人距離剛剛好的長椅上，

感受有點涼爽卻又不會太冷的空氣，

一切共組成了一段療癒心靈的時光。

發現他的
真面目 ♥

於海參崴回韓國的前一天，爲了買給朋友們的紀念品而來到了超市。

一般購物的時候，女孩們都很愼重又心情愉悅，
但男生多半感到厭煩，不是嗎？
在這裡要小小炫耀一下，我老公跟我超合得來的。
他會在旁邊幫我用計算機，計算出我想買的物品價格，
像這樣先計算好總金額又能夠符合預算，會讓我買得更開心。
這個部分我們眞的很契合。

跟老公一起煩惱又煩惱後，終於選好了所有禮物。

總金額是約韓幣 5 萬圜。

但是！到了結帳櫃檯，店員卻說是 10 萬韓圜。

我們相當訝異。

不過又有點猶豫是否該計較，打算就照這個金額付錢。

此時，老公忽然抓住我的手。

「等一下。」

然後拿起翻譯機，對超市員工用俄文詢問：

（當然是大致上的句子）

「請幫我們一一確認物品的價格是否正確。」

員工眞的幫我們一一確認了。

「但明明我們計算的金額是正確的，爲什麼卻變成了兩倍呢？」

但這個疑問卻無法完美地用翻譯機表達出來。

隨著時間慢慢過去，我很想要逃離當下這個狀況。

我不自覺開始急迫地在中間干涉他們。

「要不然，這樣吧？」

「要不然……」

老公下定決心要解決這件事，我卻一直不斷想打岔。

每當我插手時，老公會很溫柔地笑著，並輕輕撫著我的胳臂說：

「再等一下。」

我又插手了好幾次，每次老公都會一如既往地安撫我。

我這才稍微冷靜下來，安靜地看著他們的互動。

那時感覺到了。

當一個人為了想要解決問題而努力，

旁人卻一直想干涉的話，

通常會覺得很煩吧？

說不定會無法控制地發脾氣說：「哎，別吵，

安靜點！」，

但老公反而卻能讓我冷靜下來。

那一刻，我感受到了老公的真實面貌。

事情終於順利解決了。

超市員工逐個確認價錢之後，發現確實是輸入收銀機時造成的錯誤。

因而價格變貴了一倍。

員工尷尬地笑著，特別給了我們更多折扣。

我們最後心情愉快地離開了超市！

說真的，如果老公無法控制地發脾氣的話，

我們兩個只能懷著皺眉生氣的表情離開超市吧！

我以為是只有我才知道
的美食……

人煙稀少的福岡小巷，有個店家在對我招手。

「請進來看看。」

那是間有著強烈復古風格的小餐廳，

巧妙融合了東方與西方的風情。

我抱著好奇的心情踏了進去。

一進去，就能看到內部裝潢與外觀沒什麼太大不同。

雖然散發強烈的日本風味，但各個角落都存在著薰染到

主人感性的懷舊小物，以及復古裝飾。

用一句話來形容，

就是安靜簡約的日本電影中會出現的店家。

我在心中歡呼了一下。

太好了！
接下來是要品嚐味道的時候了。
如果連食物都美味的話，
這可是一個很大的發現！

壓抑住小小的激動，攤開菜單來看。
最先看中的是歐姆蛋包飯。
在日本就該吃歐姆蛋包飯，
我沒有煩惱很久就點餐了。

在餐點出爐之前，我繼續環顧著店裡的每個角落。
真的有很多有趣的小東西，而老闆是個看起來快 40 歲
的男子。

老闆的鬍碴似乎是因為覺得麻煩而沒有刮掉，到處冒了出來；藏青色 T 恤的衣領處稍微有點拉長，而顯得有點皺皺的；穿著牛仔褲，還帶著一臉不關心世界如何運轉的冷酷表情。

然而，我卻覺得這個人說不定是個情感豐富的人，因為店裡的小東西們正在訴說著，他有著赤子之心。

又或者是熱愛懷舊小物的感性豐沛之心？

附近有幾個讓人忍不住多番猜測的古老玩具，以及寫著日文的相框與照片，牆上還掛著幾幅圖畫。

心滿意足地觀看四周時，我點的食物上桌了。

哈！食物的外觀也非常優秀。

懷著忐忑不安的心情吃下第一口，霎時感到全身上下都變得柔軟。

太好吃了！根本不需要用言語形容！

眨眼間，我就把整碗食物吃得乾乾淨淨！

摸了摸變得圓滾滾的肚子，我起身前往櫃檯結帳，

用簡短的日語燦爛地對老闆說：

「喔依西！」

雖然老闆一時間沒有聽懂，但馬上就理解過來，並漫不經心地點了個頭。

我不屈不撓地繼續跟老闆搭話。

「請告訴我餐廳地址，或者請問有名片嗎？」

但老闆卻堅定地拒絕了。

雖然心情有些無奈，同時也有種希望尊重對方的想法。

哇，真的是一個堅持自己哲學的人！

只想為了熟客而簡單地經營！

因為老闆的態度太帥氣了，所以我完全沒有不愉快的感覺。

還產生一種幼稚的滿足感。

「這裡是只有我才知道的美食店家！」

只有自己知道但別人不知的美味，讓我既滿足又喜悅。

帶著些許不捨的心情，決定下次還要再來，並且回到住宿處用手機試著搜尋。

我搜尋「福岡好吃的歐姆蛋包飯」，並沒有出現那家餐廳。

啊啊，太好了！

於是隔天又再去了。

懂日文的朋友偶然看到了店家招牌，

他把店家名字唸了出來。

叫做「喔姆亞^注」。

喔，原來店名是「喔姆亞」。

朋友用一種空虛的表情將手機遞給我看。

以「福岡喔姆亞」搜尋的話，會出現一長串看不見盡頭的搜尋結果。

哎，真是的！

編注

日文為「おむや」，是福岡當地一家以歐姆蛋包飯為招牌的餐廳。

印象深刻的
三階電梯

在北海道知名的購物中心裡興奮地逛著，突然感到一陣
內急。我跟朋友小聲地說：

「我等等回來。」

我所在的位置是本館。

爲了尋找廁所而四處徘徊，聽說廁所在連結新館與本館
的交接處，我於是馬上往那個方向前進。

稍微走了一段路終於抵達，有個東西映入我的眼簾。

在本館與新館的連結處，必須要爬上三個小小的階梯。

而就在階梯旁邊，有一台小巧的單人用電梯！

也就是說，

坐輪椅的人不方便爬樓梯，

雖然有斜坡，但爬斜坡其實也相當辛苦，

為了他們方便，而設置了一個小小的電梯。

只有三個階梯高的電梯！

真的很敬佩這件事，也非常羨慕。

一般人可能會想著這「和我無關」，就這樣過去了，

但能連這種小地方都細心照顧到，真的值得我們效仿。

在那裡
再次相會

安靜之處的
小雜文

我喜歡這樣。

一個人坐在咖啡店，拿出筆記本，

將眼前所見的事物或腦海中浮現的事物，

全都在這小小的筆記本中認眞試著畫畫看。

在這樣小小塗鴉的過程中

什麼想法也沒有。

就好像進入了只屬於我一人的世界。

在陌生
之處

偶爾做一些嘗試是好事。

雖然可能是微小、不怎麼重要的嘗試，卻是有意義的。

為自己買了塊蛋糕當作禮物，

一邊輕輕地安慰自己，一邊吃下一口。

雖然平凡
卻有趣的故事

偶然看到一家蒐集著小巧可愛物品的商店。

差點就這樣默默錯過，

而我的好奇心被大大激起後，便走了進去。

店內有著胖胖的，或者該說是公然散發肥嘟嘟魅力的貓咪玩偶。

一隻是灰色的俄羅斯藍貓，還有一隻是米色漸層成深巧克力色的暹羅貓。

我家的貓咪是暹羅貓，名字叫做「COCO」。

店內的貓咪玩偶可以說是胖萌版的 COCO，看到它實在超開心！

因此我激動地立刻對店員說：

「請給我這隻！我要買它！」

店員微笑著從下方拿出袋子給我，那個袋子上印有各種
貓咪圖案，但卻沒有標示出是「哪種貓」。

我帶著疑惑的心問了問店員。

「裡面是暹羅貓沒錯吧？」

「是的，沒錯。」

「你確定嗎？真的沒錯嗎？」

「對，有暹羅貓喔！」

「嗯，好奇怪，為什麼上面沒有注明呢？」

「噢……因為是隨機的。」

啊！原來是隨機的，就像扭蛋一樣。

接著我詢問了價格，一隻要 1 萬 1 千韓圜！

以扭蛋來說算偏昂貴呢。

但是我真的很想要一隻 COCO。

「就先買一隻看看吧。」

認真地逐個打量了一番，我決定相信自己的直覺。

挑了一個結帳後，馬上打開來。

然而……

是出現它！天哪！！！

雖然感到挫折，不過這只是第一個嘛。

所以再次邊像念咒語似地唸著「COCO 出來吧」，

邊又慎重地再選了一個。

出來的是它！哎呀⋯⋯

霎時失去理智的我，下定決心要拚到底，

直到抽到 COCO 出來為止！

我急切地湊出零錢，又選定了一個，

慌慌張張地結帳後，帶著悲壯的心情打開了包裝。

天哪！！！
喜悅如波濤般洶湧而來，
我不自覺地發出海豚尖叫聲！
才花了三次就選到了 COCO，
真的非常感謝！

在雲中的
Benny

於前往宿霧的飛機上。這次的飛行有點顛簸。

我靜靜地將身體託付給飛機，出神望著窗外。

小小的機窗外，有著像棉花糖、

又因灰濛的天空的而顯得混濁的雲朵經過。

我彷彿被什麼迷惑住般，緊盯著雲彩看。

此時，心中開始響起了動感的音樂。

隨著節奏展開，小小的 Benny 出現了。

小 Benny 用著悠閒的表情

從雲朵中穿過，

又或者輕快地避開雲層，認真飛翔。

很難用言語去形容那個當下。

讓人非常感動
的一句話

烏干達的貝塞斯達醫療中心，

我在那裡度過了五天。

完全沒有時間去外面看看，除了吃飯之外，也沒有空暇

能坐下，就這樣，每天在那裡從早上 8 點待到傍晚 7 點。

非醫療人員的我，負責的是手術的術前準備。

在等待室裡迎接病患，按照順序引導他們入座，

確認病患資料之後，幫他們點麻醉眼藥水和散瞳劑。

馬上就要進行手術的三到四位患者，必須要每分鐘點一次藥水，手術後還要再每五分鐘點一次。

就這樣，要一直輪流幫大約二到三十人點眼藥。

如此服務了共一百三十四人。

在等待室內等了幾個小時後，開始覺得無聊的病患會想要跟我或負責人搭話。

每當這時，負責人都會說明：

「具作家的耳朵聽不到。」

接著，病患們會露出十分理解的表情，然後也不會再跟我搭話。

我只能以眼神和表情與大家溝通。

「等待手術的心情如何……會不會害怕」諸如此類。

所以每次點眼藥水，我都會一邊捧著他們的臉，一邊微笑著。

而這樣的溝通似乎是有效的！

手術結束後，有個病患走到我的面前，用誇張的嘴型慢慢對我說：

Thank you。

我永遠忘不了那個嘴型，以及心裡湧上的滿滿感動。

其實手術結束後，患者們應該是非常想要馬上回家的。

等了那麼久會很累，手術也很痛，通常會因為沒有多餘精力，而只跟醫生道謝後就立刻回家才對……

他們沒有忘記做著微小事情的我，這讓我很感動。

那一句話，讓我忘記了雙腳因整天站著而腫脹的疼痛。

心儀的物品
一定要馬上購買

旅行途中暫時經過的香草之國，比想像的還要大。

色彩繽紛的花朵填滿了整個世界。

一邊慢慢地散步，一邊讓小而美麗的東西們裝滿心房，

晃眼間就抵達了一家賣著土耳其小物的店家。

對喜歡異國小物的我來說，這根本就是天堂。

雖然對花朵有點抱歉，但我看到這些小東西時，眼睛會

比起賞花時更加閃亮，也會更認真觀賞。

在那之中最抓住我的心的，是一面圓圓的鏡子。

白色框框上面有藍色的花紋，還有一些紅色花紋點綴其

中，是面非常漂亮的鏡子。

鏡子中的我都莫名變得更漂亮了。

但是那面鏡子的價格比我預期的還要貴。

稍稍看了下媽媽的眼色。

媽媽果斷地搖頭，臉上寫著「太貴了，買來要幹嘛？」。

我知道如果自己說要買的話，媽媽一定會反對，但還是姑且一問。

「媽，這面鏡子好美喔，雖然要 8 萬韓圜。」

「太貴了。」

對鏡子東摸西摸之後，結果還是就這樣離開了。

直到現在，已經過了兩年，我仍對那面鏡子念念不忘。

所以說，有心儀的物品應該要馬上購買吧？

很像真的
聖誕老公公

我曾經相信有聖誕老公公的存在。

直到小學四年級！

從 8 歲第一次知道聖誕老公公後，12 月 24 日這個日子的我總是很忙碌。

那天我會洗碗，（媽媽說不行但我硬是要做）

亂七八糟地疊起厚重的棉被，再奮力塞進櫃子中，把窗戶打開到深夜，直愣愣地盯著窗外。一切都是為了讓聖誕老公公更方便進來。

隔天在睜開眼之前，我會先摸索枕頭附近，若是摸到了什麼，就會笑著打開雙眼。

雖然有的禮物並非是我想要的，

但每年都總是會得到禮物。

所以我相信聖誕老公公的存在。

然而在小學四年級時，好友非常認真地跟我說：

「沒有聖誕老公公，我問過我媽媽了。」

我生氣地跟那個朋友大吵一架，

還冷戰了整整一個星期。

事後怎麼想都覺得很憤怒，於是就問了媽媽：

「媽！聖誕老公公是存在的，對吧？」

但是媽媽卻笑嘻嘻地告訴我聖誕老公公不存在！

幼小的心靈受到巨大衝擊，我花了很長一段時間才接受了現實。

然後也漸漸地忘了這件事。

不過！

我恰巧聽說芬蘭有座聖誕村！

雖然那是可口可樂公司建造的商業場所，但是眞的可以見得到聖誕老公公。聽說如果寫信去，會有許多「聖誕精靈」代替聖誕老人回信，而且最近還出現會韓文的聖誕精靈。不過比起只是寫信，我更想要親自跟聖誕老公公見面。

因此我下定決心，要在 12 月去見聖誕老公公。

前往羅瓦涅米的聖誕村是段很遙遠的路程。陽光照耀大地的時間只有一個小時，在短暫的夕陽時分後，就會進入黑暗的深夜。因爲太暗了，白雪因此顯得更加耀眼。

那是在羅瓦涅米的一座小小村莊。

很像《小紅帽》中出現的村莊。

我很晚才抵達市區，所以先睡了一覺，隔天早上便前往聖誕村。

雖然沒有事先跟聖誕老公公約好，但去程的一路上，我的心情都十分雀躍。

「到時要說什麼好呢？
見面很尷尬的話怎麼辦？」

抵達時，我發出了「嗚哇」的驚嘆聲。現場超多人！

等待與聖誕老公公見面的人們，排出了一條長度十分驚人的隊伍。

這位聖誕老公公，是義大利教宗唯一認可的聖誕老人。

所以他必須要見全世界的人。

牆壁上滿滿陳列著名人到此一遊拍攝的照片。

等了 20 分鐘後，我終於見到了聖誕老公公！

哇，真的是個非常龐大的人！

身高應該超過 190 公分，身材也很魁梧。

白色的鬍子既茂密又綿長。

我走向聖誕老公公，害羞地向他打了招呼；怕聽不懂他說的話，我也先告訴他自己是聽覺障礙者，是為了見他而從韓國來的。

我一說完，聖誕老公公就大大地點著頭歡迎我。

接著，就像抱著小孩般抱起了我。

雖然時間很短暫，
但那暖呼呼的手與懷抱，
我會長長久久地記得的。

最棒的
聖誕節

芬蘭有一間有名的教堂。

雖然只是間很小的教堂，不知為何就是很想去造訪。

在那教堂裡，一定要遵守「沉默」的規則，

必須緊閉嘴巴才能進入。

雖然我聽不到，但是感覺得出來，

裡面的氛圍十分不一樣，非常地寂靜。

我閉上眼睛，用心並安靜地祈禱。

「謝謝這個時刻。」

幾天後。

多虧了永夜，能夠整天看得到美麗的燈火。

本來太暗的話我是無法行走的，感謝毫不吝嗇大放光明
的芬蘭！

不管夜空多黑，四處都是明亮的。

這讓我不禁想要歡呼，連走路都成為一種享受。

看著燈光，能夠徹底感受到

所謂的「聖誕節」。

這真是最棒的聖誕節！

芬蘭人熱愛的
嚕嚕米♪

在芬蘭，只要一轉眼，就會看到遍布四處的嚕嚕米。

聽說嚕嚕米誕生超過七十年了。

其實芬蘭當地人並非對嚕嚕米毫無興趣，也不是只商業

性地銷售給觀光客。

當地也有許多「嚕嚕米迷」。

聽說還有很多芬蘭人蒐集了所有的周邊產品呢。

眞的很了不起吧？

在無數角色中，獨獨熱愛嚕嚕米的芬蘭，

幾乎可以視之爲國寶了。

看著嚕嚕米，我的夢想也變得更加鮮明。

雖然現在只是小小野心，
但認真地慢慢做的話，
希望我的 Benny 有天能像嚕嚕米一樣，
受到那麼多人的熱愛……

芬蘭帶給了我幸福的想像，
以及正面的刺激動力。

認真閃爍的
那一晚星夜

一想到洋溢藍天魅力的蒙古，腦海就會浮現這段回憶。

去蒙古，是距今約九年前的事了，

那時是跟教會一起去宣教的。

蒙古空氣宜人，走到哪裡都能感受到大自然的氛圍。

雖然白天很明亮，但因爲很多地方沒有通電，夜晚會變得非常黑暗。

完成一貫行程的傍晚，我們團隊會在宿舍集合，整理當日的事宜。整理完後，就會各自回房結束一天日程。

當時我對自己眼睛的狀況（視網膜色素病變——有夜盲症症狀）一無所知，一到晚上就什麼也看不到。在房間內任何事都做不了的我，只能蓋著厚厚的被子，靜靜地躺在床上等待進入睡眠。

某天，又是個窩在厚重棉被中，靜靜呆望著一片黑暗的晚上。忽然某個人掀起了我的被子叫醒我，喚我起來。
「嗯？」
他抓著我的雙臂站了起來，然後繼續拉著我，帶我慢慢往某個方向走去，一步一步，小心翼翼的。

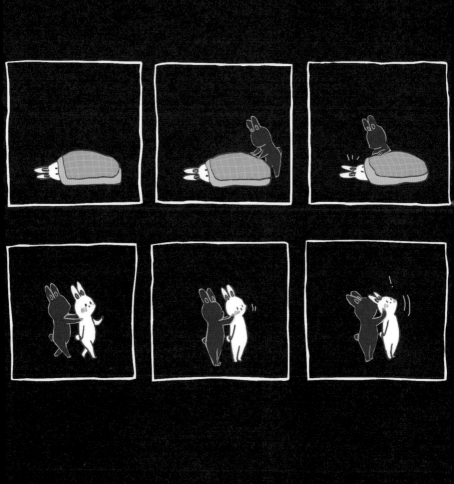

雖然什麼也看不見，但當夜晚的冷空氣碰觸到臉頰時，我知道，我們正在往室外走。

到了戶外後，那個人把我的臉往上仰。

那個瞬間，我「哇！」的感嘆叫出聲。

黑漆漆的天空遍布著熠熠光點！

一閃一閃、各自認真發光的星星，

真的非常非常漂亮！

久久一段時間我都說不出話來，我仍能清楚記得那時一直望著星空的回憶。

在那過了 2 年之後，我才知道自己眼睛的狀況。

被告知的那一刻，我想起了那夜的星空，靜靜流下淚來。

眞的非常感謝。

也想起了現在很難得碰面的那位朋友。如果沒有他，我就見不到如此美麗的風景，想著想著也就哽咽起來。馬上傳了訊息給他。

「謝謝你，多虧你才能看到那麼美麗的風景，我會永遠記在心底。」

再去曼谷，
用新回憶一一覆蓋

想起曾旅行過的許多地方，我都會說「真的很棒」，
唯獨曼谷卻無法。
因為曼谷讓我帶著心痛離開，
也是懷抱著痛苦而去的所在。
所以每當想起曼谷，我的心都會刺刺痛痛的。

在跟老公煩惱蜜月旅行地點時，我完全沒有想到曼谷，
但老公說：
「我想去曼谷。想去所有讓妳心痛的地方，想讓妳知
道，妳現在不需要再心痛了。」
就這樣，迷迷糊糊地決定了去曼谷度蜜月。

一抵達蘇汪納蓬機場，就聞到了曼谷獨有的香氛氣息。

不僅是「到了泰國啊！」的歡喜，心痛感也一併洶湧而上。

獨自在店內哭泣過的咖啡店，

悲傷難忘的街頭、餐廳……全都再次一起去看看。

在看到那場景的瞬間，會浮現當時的記憶，

還有當時自己的模樣。

每當我心痛時，

老公會靜靜地看著我，摸摸我的頭並擁抱我。

「那時很辛苦吧。」

「哭了很久嗎？」

「現在不用難過了，有我在。」

回顧了一個又一個地方，

很神奇地，與老公一起的美好回憶覆蓋了痛苦的回憶。

現在曼谷對我而言，

再也不是那個讓我心痛的地方了。

國家圖書館出版品預行編目資料

到哪裡都會有好事發生／具鏡善著著 ；馮筱芹譯.
-- 初版. -- 臺北市：春光出版：家庭傳媒城邦分
公司發行, 民110.01

面； 公分
ISBN 978-986-5543-08-2（精裝）

862.6   109017676

到哪裡都會有好事發生（精裝）

原 書 名／거기에 가면 좋은 일이 생길 거예요
作 者／具鏡善（Gu GyungSeon）
譯 者／馮筱芹
企 劃 選 書 人／王雪莉
責 任 編 輯／劉瑄

版權行政暨數位業務專員／陳玉鈴
資深版權專員／許儀盈
行 銷 企 劃／陳姿億
行銷業務經理／李振東
副 總 編 輯／王雪莉
發 行 人／何飛鵬
法 律 顧 問／元禾法律事務所　王子文律師
出 版／春光出版
　　　　　台北市104中山區民生東路二段 141 號 8 樓
　　　　　電話：(02) 2500-7008　傳真：(02) 2502-7676
　　　　　部落格：http://stareast.pixnet.net/blog
　　　　　E-mail：stareast_service@cite.com.tw
發 行／英屬蓋曼群島商家庭傳媒股份有限公司城邦分公司
　　　　　台北市中山區民生東路二段 141 號11 樓
　　　　　書虫客服服務專線：(02) 2500-7718 / (02) 2500-7719
　　　　　24小時傳真服務：(02) 2500-1990 / (02) 2500-1991
　　　　　讀者服務信箱E-mail: service@readingclub.com.tw
　　　　　服務時間：週一至週五上午9:30～12:00，下午13:30～17:00
　　　　　劃撥帳號：19863813　戶名：書虫股份有限公司
　　　　　城邦讀書花園網址：www.cite.com.tw
香港發行所／城邦（香港）出版集團有限公司
　　　　　香港灣仔駱克道 193 號東超商業中心 1 樓
　　　　　電話：(852) 2508-6231　傳真：(852) 2578-9337
　　　　　E-mail：hkcite@biznetvigator.com
馬新發行所／城邦（馬新）出版集團　Cite(M)Sdn. Bhd
　　　　　41, Jalan Radin Anum, Bandar Baru Sri Petaling,
　　　　　57000 Kuala Lumpur, Malaysia.
　　　　　Tel: (603) 90578822　Fax:(603) 90576622
　　　　　E-mail:cite@cite.com.my

封 面 設 計／李涵硯
內 頁 排 版／極翔企業有限公司
印 刷／高典印刷有限公司

■ 2021 年（民 110）1月26日初版　　　　　　　Printed in Taiwan
거기에 가면 좋은 일이 생길 거예요
THERE WILL BE GOOD THINGS WHEREVER YOU GO
Copyright © 2020 by Gu GyungSeon, 具鏡善
All rights reserved.
Complex Chinese Copyright © 2021 by STAR EAST PRESS, A DIVISION OF CITE
PUBLISHING LTD
Complex Chinese language is arranged with WISDOMHOUSE Inc.
through Eric Yang Agency

售價／399元

城邦讀書花園
www.cite.com.tw

104台北市民生東路二段141號11樓

英屬蓋曼群島商家庭傳媒股份有限公司
城邦分公司

「請沿虛線對折，謝謝」

遇見春光・生命從此神采飛揚
春光出版

| 書號： OK0135C | 書名： 到哪裡都會有好事發生（精裝） |

讀者回函卡

謝謝您購買我們出版的書籍！請費心填寫此回函卡，我們將不定期寄上城邦集團最新的出版訊息。

姓名：＿＿＿＿＿＿＿＿＿＿＿＿＿＿＿＿＿＿＿＿＿

性別：□男　□女

生日：西元＿＿＿＿＿＿＿＿年＿＿＿＿＿＿＿＿月＿＿＿＿＿＿＿日

地址：＿＿＿＿＿＿＿＿＿＿＿＿＿＿＿＿＿＿＿＿＿＿＿＿＿

聯絡電話：＿＿＿＿＿＿＿＿＿＿＿＿＿傳真：＿＿＿＿＿＿＿＿＿＿＿

E-mail：＿＿＿＿＿＿＿＿＿＿＿＿＿＿＿＿＿＿＿＿＿＿＿＿＿

職業：□ 1. 學生 □ 2. 軍公教 □ 3. 服務 □ 4. 金融 □ 5. 製造 □ 6. 資訊
　　　□ 7. 傳播 □ 8. 自由業 □ 9. 農漁牧 □ 10. 家管 □ 11. 退休
　　　□ 12. 其他 ＿＿＿＿＿＿＿＿＿＿＿＿＿＿＿＿＿＿＿＿＿

您從何種方式得知本書消息？
　　　□ 1. 書店 □ 2. 網路 □ 3. 報紙 □ 4. 雜誌 □ 5. 廣播 □ 6. 電視
　　　□ 7. 親友推薦 □ 8. 其他 ＿＿＿＿＿＿＿＿＿＿＿＿＿＿

您通常以何種方式購書？
　　　□ 1. 書店 □ 2. 網路 □ 3. 傳真訂購 □ 4. 郵局劃撥 □ 5. 其他 ＿＿＿＿

您喜歡閱讀哪些類別的書籍？
　　　□ 1. 財經商業 □ 2. 自然科學 □ 3. 歷史 □ 4. 法律 □ 5. 文學
　　　□ 6. 休閒旅遊 □ 7. 小說 □ 8. 人物傳記 □ 9. 生活、勵志
　　　□ 10. 其他 ＿＿＿＿＿＿＿＿＿＿＿＿＿＿＿＿＿＿＿＿＿